看圖學注音

〈指導手冊〉

林美女　編著

❖ 作者簡介 ❖

林美女

　　1935 年生。省立台北師專畢業。擔任國小教師 36
年。曾獲全國木鐸獎、台北市特殊優良教師獎、金駝獎、
台北市中小學教師自製教具展比賽特優獎、一等獎。著有
「注音符號編序教材」、「注音符號編序教材理論與實
際」、「板狀教具之製作與應用」、「智能不足兒童說話
基本能力訓練」。譯有「如何輔導智能不足孩子說話」。

❖ 目錄 ❖

壹、看圖學注音

　　注音符號是幫助說話和識字的有效工具。此套「看圖學注音」是採用本人編著之「注音符號編序教材」及其「理論與實際」，將兒童日常生活容易見到或喜歡、易懂的事物之語詞，透過圖把詞意呈現出來，用注音符號標出該語詞的音。書中有各種遊戲化的練習，讓兒童想像在某種情境中進行活動，而不知不覺地類化符號，自然地記得注音符號，進而熟悉應用注音符號拼出語音、表達情意與讀出字音。再者，本書的內容是由名詞入手，較合乎幼兒學習語言的發展歷程，使用時配合基本句型練習說話，有助幼兒語文基礎的建立。每一個語詞都有圖可以著色，加深注音符號概念。如此在各種活動中透過遊戲學習注音符號及其拼音，兒童可以學得輕鬆、愉快，提高學習效率，及早建立閱讀幼兒讀物的基礎。

貳、使用說明概要

一、每張圖的旁邊都有注音符號，讓兒童瞭解注音符號所表達出來的意思及讀法。圖又可以給兒童著色、練習說話。也可以製成教具在遊戲中學習。

二、請依照單元的先後順序學習，由第一冊、第二冊、第三冊、第四冊、第五冊的順序學習。每一冊要依頁次學習。

三、一個單元只學習一個新的注音符號，如「ㄅ的單元」，是由ㄅㄚ、ㄅㄛˋ、ㄆㄛˋ、ㄆㄛˇ等字音組成，ㄚ、ㄨ、ㄧ等注音符號，在前三個單元已學過，「ㄅ的單元」只有ㄅ是要新學習的注音符號。

四、每個單元的最後，都有一個房屋的圖，如「ㄧ的單元，是衣、椅（第一冊第1、2頁）組成，都有相同的注音符號「ㄧ」，猶如一家人，就好像都姓「ㄧ」。所以房屋的大門（第一冊第3頁），有個「ㄧ」的注音符號，表示是「ㄧ的家」，以加深注音符號「ㄧ」的印象。

五、練習一至練習十（每3～6個單元後有一個練習，共有

十個練習），是給老師看看兒童學過的語詞（用注音
符號標出）會不會，同時也給兒童作為複習之用。

六、每個單元結束時，有各種的作業，含有不同的圖或情
境，寓教於樂，供兒童在遊戲中復習或活用學過的注
音符號、字音、語詞，熟練注音符號及拼音。

叁、使用說明

㈠每張圖都可以著色或製作圖卡、拼圖進行遊戲

1. 本套「看圖學注音」的內容，是將兒童日常生活容易
   見到或喜歡、易懂的事物之語詞，以圖及注音呈現其
   意思。共有139張圖，每張圖都有一個字音，是用注
   音符號標出。以示該圖的意思及語音。

2. 當兒童看到圖，會說出其字音；如看到
   的圖及ㄇㄠ的注音時，會說ㄇㄠ就讓他在圖
   上著色，作為鼓勵。也可以讓兒童學貓叫或談談貓的
   習性及其所看過的貓。加深「貓」和「ㄇㄠ」的印象。

3. 同一單元各張圖都著過色後，讓他只看著注音（或圖）說說看。

4. 學過一個單元如果只看著注音說不出來的時候，利用學過的圖與注音，製成圖卡及注音的卡片，選擇下列遊戲讓他玩，熟練注音符號：

(1)**翻卡片**：將注音的卡片反蓋在桌子上或堆成一堆，注音朝下放，翻開卡片念念看，念對就歸他所有。得最多者贏或換獎品。

(2)**配對**：把注音的卡片放在圖卡上，放對了就給他。

(3)**記憶遊戲**：

　①5張圖卡排成一列，辨認後翻過來，然後逐張猜猜看是什麼圖？猜對可得圖卡。

　②將猜對的圖卡放在注音的卡片上，放對了卡片就歸他所有或換獎品。

(4)**賓果**：

　①圖卡平均分給兒童要他排成一排。

　②注音的卡片反蓋在桌上（注音朝下放）。輪流翻卡片念念看，如果與自己的圖卡同義，就放在圖卡上，先把自己那一排圖卡放滿注音卡片的贏。

(5)**玩轉盤**：

　①用硬紙板製成圓形的盤，盤面分成六格。盤的正中，用圖釘釘一指針。

②盤上貼3張圖及3張與圖意相同的字音卡，如3張
　圖是牙、鴨、筆，則字音卡要貼上ㄧㄚˊ、ㄧㄚ、
　ㄅㄧˇ。

③兒童撥動指針，依指針停住位置，說出指針所指
　的圖意或注意符號。

④如果說出圖意，要指出在盤面上與圖意同義的注
　音符號。如指針指著 ，兒童要指著
　盤上的注音──ㄕㄨ。

(6)拼圖：

①前六個單元（ㄧ、ㄚ、ㄨ、ㄅ、ㄇ、ㄠ）共有16
　張圖，圖放大塗色後製成「拼圖」（每張約割成
　三片，為了提高學習信心不要分割得太複雜，以
　容易完成拼圖為優先考慮），玩拼圖可以提高學
　習興趣，增加再認的機會熟悉注音。

②每張拼圖的注音也要製成卡片，當兒童完成拼圖
　後，可利用注音卡片玩「配對」的遊戲。

③玩拼圖或找其注音卡片配對遊戲時，除了看兒童
　是否圖拼得對、圖與注音配得對，也可以用第一
　次的拼圖（或圖配注音）與第二次的拼圖（或圖
　配注音）的時間，比較看是否快了？可提高興趣
　與注意。

㈡依照單元出現的先後順序學習

　　本套注音符號的出現順序，是依學生學過的注音符號為基礎，引導他學習新注音符號的方式，編排注音符號出現的先後順序。所以不能顛倒單元順序學習。

1. 為了提高兒童學習信心，前5個注音符號的學習，安排容易發音的ㄧ、ㄚ、ㄨ單純韻及ㄅ、ㄇ雙唇聲。

2. 「衣」與兒童最貼身，隨時都看得見摸得到。「ㄧ」音又是單純韻，容易發音。所以由「ㄧ」作為第一單元。

3. 學過韻符「ㄧ」，認得「ㄧ」這個注音符號，就利用ㄚˊ、ㄚˇ都有「ㄧ」和「ㄚ」的音，「ㄧ」的注音符號已學過，只辨認「ㄚ」這一個注音符號比較簡單。加上「牙」、「鴨」都是具體物，日常生活看得到，而且由具體物記憶字音，不容易忘記。「ㄚ」又是單純韻，故「ㄚ」排在第二單元。接著是由已經學過的「ㄚ」，依法引導「ㄨ」韻符的學習，所以「ㄨ」的注音符號排在第三單元。

4. 學過ㄧ、ㄚ、ㄨ注音符號後，利用ㄅㄚ、ㄅㄚˋ、ㄅㄨˋ、ㄅㄧˇ都有ㄅ的聲符，ㄧ、ㄚ、ㄨ已經學過，只辨認ㄅ聲符就簡單了。而且叭、爸、布、筆都很具體，ㄅ是

雙唇音，較容易發音，故「ㄅ」聲符排在第四單元。如此類推，以先前學過的注音符號為基礎，用學習過的注音符號帶領學習新注音符號，學起來輕鬆，環環相扣的方式不容易忘記。因此，必須依照單元出現的順序學習，不能學了第一單元，跳過第二單元而學習第三單元或第四單元。

㈢每一個單元只介紹一個新的注音符號

1. 每一個注音符號都由數個字音組成一個單元；例如「ㄅ的單元」，是由ㄅㄚ、ㄅㄚˊ、ㄅㄚˋ、ㄅㄚˇ以注音符號標出字音組成的。本套「看圖學注音」共有37個單元。

2. 同一單元的各字音，都有一個相同的注音符號；如「ㄅ的單元」之各字音是ㄅㄚ、ㄅㄚˊ、ㄅㄚˋ、ㄅㄚˇ，每一個字音都有「ㄅ」的注音符號相同。ㄅ是這個單元要新學習的注音符號，其他注音符號在這個單元之前已經學過。

3. 同單元用注音符標出的字音都學過以後，兒童如果沒能注意到各字音都有一個相同的注音符號，要把字音製成卡片進行遊戲，引導他們辨認、熟悉新學的注音符號。例如：

(1)**堆卡片**：字音的卡片漏出一個相同的注音符號堆起來；如ㄅㄚ、ㄅㄛ、ㄆㄛ、ㄅㄧˇ等字音卡，只漏出「ㄅ」堆起來，讓兒童比較看看，每一個ㄅ是否相同，怎麼唸！

(2)**配對**：

　①兒童認唸字音卡後放在黑板上，如「ㄅㄧˇ」。

　②教者拿著與字音同義的圖片（筆），故意只唸出部份的字音（ㄧˇ），讓兒童從黑板上的字音卡中，指出遺漏的音（ㄅ）。

　③其他「ㄅㄚ」、「ㄅㄛ」、「ㄆㄛˋ」也如①②的方法確認「ㄅ」的形與音。最後再用(1)的方法或兒童自動指出這個「ㄅ的單元」的各張注音卡片都有ㄅ。

　④兒童也可以自己說出由「ㄅ」音組成的事物，如「ㄅㄠ」、「ㄅㄠˋ」、「ㄅㄟ」……等，說對給他獎勵。

(四)每個單元的最後都有一個房屋的圖，是加深該單元新學習之注音符號的概念與拼音方法的練習

1.每個房屋的大門正中都有一個空體的注音符號，表示

是該注音符號的單元，是該注音符號的家；如大門正
中是ㄅ，代表是「ㄅ的單元」，是「ㄅ的家」。如果
是ㄇ，代表是「ㄇ的單元」，是「ㄇ的家」。「ㄅ
家」的各字音都擁有ㄅ的注音符號，「ㄇ家」的各字
音都會有ㄇ的注音符號。可以讓兒童想像成如一個家
庭裡都有的「姓」。

2. 空體的注音符號，兒童可以描一描、著色或說說看那
些語詞的注音，有該空體的注音符號，加強該單元之
注音符號的印象。

3. 屋裏兩邊各有一張小圖，各標著不完整的注音，如筆
的圖標著「ㄅ」、爸爸的圖標著「ㄅ」。

4. 該頁的左下角（或左上角、右下角、右上角），有2
個寫著注音符號的小格子，是供兒童剪下來，分別貼
在屋裏兩邊的注音符號之上方或下方，如「ㄧˇ」貼
在ㄅ之下方成為筆的字音（ㄅㄧˇ）。「ㄚˋ」貼在ㄅ
的下方成為爸的字音（ㄅㄚˋ）。培養兒童拼音的概
念。

㈤練習一至練習十是復習與評量學過的字音、語詞、語句之用

1. 每一個字音、語詞、語句都各有3個空格子，說對了

就在格子裡蓋章或貼貼紙或畫記號作紀錄。

2. 同一天裡說對多次也只記錄一次。三個格子是供三天以上說對的時候記錄用。

3. 每一個練習的字或詞、句，經過評量以後，如果發現兒童不熟悉或有困難時，要透過教具或玩具在遊戲中練習，較能減低練習的乏味，提高學習的興趣。例如：在大富翁的遊戲板或轉盤的圓板、紙娃娃、紙魚、積木、卡片……上面貼上需要加強練習的注音符號或其字音。玩「大富翁」（走迷宮）、「轉盤」、「拼圖」、「釣魚」、「擲骰子」、「抽卡片配對」、「翻卡片配對」、「記憶字音」、「賓果」、「聽錄音找娃娃」等遊戲，熟悉學過的注音符號、字音、語詞、語句。

㈥各種作業單有不同的圖或情境，寓教於樂；供兒童在遊戲中復習或是活用學過的注音符號、字音、語詞，熟練拼音。
其進行方式有：

1. 說說看・連一連

這類型的作業是利用小圖所含的意思，熟練其注音。

讓兒童先說出橫排在作業單上方或橢圓形桌子周圍，各張小圖的意思或圖裡的字音。然後從橫排在作業單下方或桌子上圖裡的各注音中，找出跟他相同意思或可配成語詞、語句的，用線連結配對。如：

(1)第1冊第4頁的作業單上方，橫排著不同的「衣服」和「椅子」的小圖，而橫排在作業單下方，有2個鞭炮各寫著「一」、「一ˇ」，讓兒童將「衣服」的圖和「一」的鞭炮畫線連起來，「椅子」的圖和「一ˇ」的鞭炮連線。兒童在連線前，可以跟他說：「這些衣服和椅子要放在那個鞭炮才對？連連看。」

(2)第3冊第58頁的作業單中間之橢圓形桌子上，有各寫著「ㄔㄨˇ」、「ㄔㄨ」、「ㄔˇ」、「ㄔㄨˊ」、「ㄔ」的杯子，讓兒童選出適當的杯子，和桌子周圍的車、尺、吃、我、船等各張小圖連一條線。選擇杯子之前，可以對小朋友說：「這些東西要拿那個杯子才對？連連看。」

2.連連看·再把「　」的音圈起來

這類型的作業是透過小圖辨認該語詞的注音，並用圈出注音符號的方式，加強他對剛學過的注音符號的印象，熟悉該注音符號。所以，第一冊每學過一個單元，結束後都會出現此作業，熟練學過的注音符號，使其往後學習新

單元的注音符號，會較輕鬆、簡單。建立學習的信心。如第1冊第24頁，讓兒童把「ㄇ」圈起來，是確認新單元的注音符號（ㄇ），把「ㄚ」圈起來，是為了復習、熟練，加深ㄚ的印象。

3.拼一拼·貼一貼

這一類型的作業單有空體的房屋、碗、電視機、車，其裡面各有4件或5件的事物，讓兒童想像房屋、碗、電視機、車裡面有這些事物，並要他們說出來。然後看看這些事物旁邊的注音，對不對？少了那些注音符號？再從作業單的各角落尋找、剪下缺少的注音符號貼好，使能完整表達該事物的注音。如此可以加強培養拼音能力，也可以熟練語詞、練習說話。例如：

①第2冊第14頁的屋裡有鹿、手套、蛋、碗的小圖，但是各小圖旁的注音都不完整；如 ，需要從作業單右下角剪下ㄢˋ，貼在ㄉ的下方使成為ㄉㄢˋ，蛋的注音才算完整無誤。

②第3冊第56頁的電視機螢幕上有帽子、馬、喇叭、鴨的小圖，但各小圖旁邊的注音都不完整；例如：，需從右下角剪下ㄅㄚ，貼在ㄌㄚˇ的下面使成為ㄌㄚˇㄅㄚ，喇叭的注音才算完整。

4.他們說什麼・排排看

　　學過18個單元之注音符號的語詞，這些語詞已夠組成單句，所以練習五開始加入單句的練習。為了讓兒童能進一步熟練、活用學過的語詞與拼音方法，所以第四冊加入「他們說什麼？排排看」的作業。讓兒童把錯誤的1、2、3之句子，重新組成正確的句子，貼在每個小孩圖的前面，表示是那個小孩所說的話。如第四冊第59頁的第一句是「ㄔㄤˋ ㄍㄜ ㄨㄛˇ」，重新組合為「ㄨㄛˇ ㄔㄤˋ ㄍㄜ」，並貼在第一個女孩前面，即表示是她說：「我唱歌」。指導者也可以依兒童能力，以學過的注音符號編成單句，讓兒童玩重組句子的遊戲。

❖ 教材綱要 ❖

附錄　問與答

1. 有家長問到，本書第 3 頁提到的「當兒童看到圖會說出其字音，就讓他在圖上著色，作為鼓勵」，但其孩子卻不想在圖上著色，該怎麼辦？幼兒的能力與性向各有不同，幼兒一般大多喜歡在空白的圖上著色，而有的幼兒喜歡貼貼紙，或者有小豆豆（綠豆或紅豆）的話也會拿來黏。幼兒喜歡用什麼方式，應由幼兒自由發揮，老師或家長從旁引導即可。

2. 在《看圖學注音》第二冊第 14 頁中，屋裡有「鹿」、「手套」、「蛋」、「碗」的小圖，各小圖旁的注音都尚未完成，如「蛋」，需從作業單右下角剪下ㄢˋ，貼在ㄉ的下方，使成為「蛋」，ㄉㄢˋ的注音才算完成。有家長問到，如果他的小孩不想用剪的，要用寫的可不可以？其實這一部分的作業是提供幼兒在遊戲中複習或活用學過的注音符號，熟練其拼音，所以幼兒用貼的、寫的或連線都可以。

3. 有家長提到，是否要教筆劃呢？原則上，幼兒小肌肉的握筆能力尚未成熟，並不建議強迫其寫字，以免造成發展上的問題，但應視其個別化發展的狀況，讓幼兒自由發揮其寫字的能力，如有些幼兒發展較快，便可協助其握筆的正確姿勢，也可利用本書空體的注音符號教導其筆劃（筆順）。

4. 有家長提到，第四冊以及第五冊有五個字的音，對幼兒來說會不會太難？這兩冊的確有五個音，但編寫時已有考量，音節中一定會有一個單音節的字，以免太難，例如：第五冊 25 頁下面第三個「我要吃粽子」，「吃」是單音節，如果幼兒學不會，也可以分開教，例如：「我要」＋「吃粽子」。

5. 本套書是編序教材，也就是說讀完第一冊，才能念第二冊，依此類推；因中途轉學或者其他原因未學到前面的冊數者，應先將前面的冊數快速學習，再接著後面的冊數，而不是目前教到第三冊，轉學來的學生就從第三冊教起，這樣會造成他的基礎不穩的問題。

幼兒教育系列 51027

看圖學注音：指導手冊

作　　者：林美女
插　　畫：邱金俊
總 編 輯：林敬堯
發 行 人：洪有義
出 版 者：心理出版社股份有限公司
地　　址：231 新北市新店區光明街 288 號 7 樓
電　　話：(02) 29150566
傳　　真：(02) 29152928
郵撥帳號：19293172　心理出版社股份有限公司
網　　址：http://www.psy.com.tw
電子信箱：psychoco@ms15.hinet.net
排 版 者：辰皓國際出版製作有限公司
印 刷 者：辰皓國際出版製作有限公司
初版一刷：1996 年 8 月
初版十三刷：2020 年 10 月
I S B N：978-957-702-183-0
定　　價：新台幣 350 元（全套六冊含指導手冊，不分售）